UNA NOCHE DE AMOR

Javier Marías

UNA NOCHE DE AMOR

Javier Marías

H KLICZKOWSKI

HK © primera edición
H KLICZKOWSKI-ONLYBOOK, S.L.
La Fundición, 15. Polígono Industrial Santa Ana
28529 Rivas-Vaciamadrid
Tel. +34 91 666 5001
Fax +34 91 301 2683
onlybook@onlybook.com
www.onlybook.com

Editorial: Elena María Feito y Marcela Silberberg

Prismáticos rotos ha sido extraído de *Cuando fui mortal*
(Editorial Alfaguara, Madrid, 1998)
La vida y muerte de Marcelino Iturriaga, Gualta y
Una noche de amor, han sido extraídos de
Mientras ellas duermen (Editorial Alfaguara, Madrid, 2000)
Compaginación e impresión: A. G. GRUPO, S.A.
Impreso en España
ISBN: 84-96304-81-7
EAN: 9788496304819
D. L.: M-29487-2005
Encontrará información sobre este y otros títulos de la
editorial en nuestro catálogo:
www.onlybook.com

Foto de portada: Delta Cossacks
Estilográfica de resina torneada a mano
y plata maciza 925 ‰ chapada en oro
Edición limitada de 1.569 piezas

Javier Marías

Nacido en Madrid en 1951, su elección por las letras le llevó a licenciarse en Filosofía y Letras, comenzando su andadura literaria con la publicación de novelas y relatos. Su vasta obra, iniciada en la década de 1970 con una espléndida acogida y apadrinada por Juan Benet, ha sido reconocida en todo el mundo por el novedoso carácter de su narrativa, interpretada como innovadora y, en cualquier caso, sorprendente y tan poética y evocadora como dura y mordaz. La calidad literaria de las obras de Javier Marías ha merecido el Premio de la Crítica (1992), el Rómulo Gallegos (1995) y el Nelly Sachs (1997) entre otros. También aclamado traductor, a su vez ha sido traducido a 34 idiomas; sus novelas y relatos se leen en más de 50 países. En su trayectoria como escritor cabe destacar la trascendencia de sus colaboraciones en prestigiosos medios de comunicación.

Una noche de amor

Fantasmas, enigmas y recuerdos. *Prismáticos rotos*, *La vida y muerte de Marcelino Iturriaga*, *Gualta* y *Una noche de amor* son cuentos brillantes narrados con una bellísima plasticidad expresiva, evidenciada entre guiños de misterio. La inconfundible pluma de Marías recorre estas páginas llenas de historias excepcionales y personajes insólitos, donde el lector quedará fascinado por desconocidos que intiman en un hipódromo, difuntos que hacen balance de su vida matrimonial desde la ultratumba, protagonistas con un doble exacto que intentan diferenciarse de su réplica mediante escandalosos cambios de comportamiento y costumbres, o la recreación de un apasionado amor en una pareja deteriorada. Cuatro breves delicias de uno de los máximos exponentes de nuestra literatura actual.

PRISMÁTICOS ROTOS

Para Mercedes López-Ballesteros,
en San Sebastián

El Domingo de Ramos casi todos mis amigos habían abandonado Madrid y yo me fui a pasar la tarde en el hipódromo. Durante la segunda carrera, que aún no tenía ningún interés, un individuo que estaba a mi izquierda me dio sin querer un codazo en el codo al llevarse bruscamente a los ojos sus prismáticos para mejor ver la recta final. Yo ya estaba mirando, ya tenía los míos ante mis ojos, y el golpe hizo que se me cayeran al suelo (siempre me olvido de colgármelos al cuello, y así lo pago o lo pagué aquel día, porque se me rompió uno de los cristales, los prismáticos contra las gradas, aunque no rebotaron, se quedaron allí en el suelo, quietos y rotos). El hombre se agachó antes que yo a recogerlos, fue él quien me dio noticia del desperfecto, al tiempo que se disculpaba.

–Ay perdone –dijo. Y luego–: Vaya hombre, se han roto, qué mala pata.

Lo vi agachado, y lo primero que vi de él fue que llevaba gemelos, quiero decir en los puños de la camisa, lo cual es raro de ver hoy en día, sólo los muy cursis o muy anticuados se atreven a ponérselos. Lo segundo que vi fue que llevaba una pistola con su correspondiente funda, pegada al costado derecho (sería zurdo), al agacharse se le ahuecaron los faldones de la chaqueta y pude ver la culata. Eso es aún más raro de ver, será policía, pensé en seguida. Luego, al levantarse, me di cuenta de que era un hombre de gran estatura, me sacaba la cabeza; tendría unos treinta años y lucía patillas, rectas pero demasiado largas, otro rasgo anticuado, no me habrían llamado la atención hace quince años, o bien hace un siglo. Quizá las llevaba para encuadrar y dar más volumen a su cabeza, que era alargada y pequeña, parecía una cerilla.

–Le pagaré el arreglo –dijo azorado–. Tenga, de momento le presto los míos. Estamos sólo en la segunda carrera.

La segunda carrera había ya terminado, de hecho. No nos habíamos enterado de quién había ganado, por lo que no me atreví a rasgar mis boletos de apuestas, que sostenía en la mano como hacemos todos, para romperlos y tirarlos al suelo en seguida, si hemos perdido, y olvidarnos así al instante del error de pronóstico. En aquel momento tenía también en las manos mis prismáticos rotos (los había comprado en un avión hacía no mucho, en pleno vuelo) y los del individuo intactos, me los había entregado al tiempo que me anunciaba su préstamo, yo los había cogido mecánicamente para que no se cayeran también contra las gradas. Al ver mi apuro me cogió los boletos y me los metió en el bolsillo pectoral externo de mi chaqueta, dándome a continuación una palmadita encima, como para decirme que ya estaban a buen recaudo.

–Pero si me deja los suyos, ¿qué va usted a hacer?– le dije.

–Podemos compartirlos, si no le importa que veamos las carreras juntos –contestó él–. ¿Está solo?

–Sí, he venido solo.

–Lo único –añadió el hombre– es que tendríamos que verlas todas desde aquí. Estoy de vigilancia, hoy me toca aquí, no puedo moverme.

–¿Es usted policía?

–No, qué va, me moriría de hambre, vaya mierda, conozco a algunos, ¿usted cree que si fuera un poli podría llevar la ropa que llevo? Míreme.

Y al decir esto el hombre extendió los brazos y dio un paso atrás, las manos abiertas como las de un mago. La verdad es que iba muy mal vestido (para mi gusto), aunque con ropas caras: un traje cruzado (pero la chaqueta abierta, como ya he dicho) de un inverosímil gris verdoso, difícil de conseguir a todas luces; la camisa, que parecía muy rígida para estos tiempos, me temo que era rosa palo, no fea en sí, pero impropia de un hombre tan alto; la corbata era un enjambre incomprensible (pájaros, insectos, Mirós repugnantes, ojos de gato), predominaba el amarillo; lo más raro era el calzado: ni zapatos de cordones ni mocasines, sino unas infantiles botitas que le llegaban hasta el tobillo, debía de considerarlas modernas, el resto se suponía semiclásico. Los gemelos podían ser buenos, quizá de Durán, brillaban lo suyo, tenían forma de hoja. No era un hombre discreto, tampoco un original, seguramente no había sido educado para combinar, eso era todo.

–Ya veo –dije yo sin saber qué decir–. ¿Y qué es lo que tiene que vigilar, entonces?

–Soy escolta –contestó.

–Ah, ¿y a quién está usted escoltando?

El hombre me cogió los prismáticos que acababa de prestarme y miró con ellos hacia la tribuna de autoridades, que estaba a poca distancia (la verdad es que no hacían falta las lentes de aumento para discernirla). Volvió a entregármelos. Parecía aliviado.

–No, aún no ha llegado, todavía hay tiempo. Si por fin viene no llegará hasta la cuarta carrera, para saludar a los amigos. La que le interesa de verdad es la quinta, como a todos, y no dispone de tiempo para matarlo, quiero decir que usted habrá venido temprano para pasar el rato. Él, en cambio, estará haciendo negocios por teléfono o durmiendo la siesta para estar despejado. Yo he venido por delante, para ver cómo está la tarde, para ver si el ambiente está espeso y tomar posiciones.

–¿Espeso? ¿Qué quiere decir? ¿Qué puede pasar aquí?

–Lo más probable es que nada, pero alguien tiene que ir siempre por delante. Y alguien por detrás, junto a él, claro está. Yo suelo ir más bien por delante. Por ejemplo, si entramos en un restaurante o en un casino, o nos paramos a beber una cerveza en un bar de carretera, yo entro siempre el primero para ver cómo anda la cosa. Nunca se sabe al entrar en un local público, en ese momento puede haber dos tíos dándose de hostias. No es lo normal, pero ya sabe, un camarero que ha derramado el vino, y un cliente con mal carácter lo puede estar zarandeando. Eh, no querrá que mi jefe vea eso, o que se vea envuelto en el fregado. Las botellas vuelan rápido, ¿sabe? A lo largo del día vuelan en Madrid muchas más botellas de las que usted se imagina, se sacan navajas, la gente se zumba, la gente tiene los nervios a flor de piel. Y si en medio de todo eso aparece la riqueza, entonces todos se paran y piensan: 'Que lo pague la riqueza'. Los que se están peleando son capaces de ponerse de acuerdo en un instante y emprenderla a golpes con la riqueza: 'Que se joda la riqueza'. Hay que llevar mucho ojo, ojo.

El hombre se llevó el dedo al ojo.

–¿Sí? –dije yo– ¿Tan rico es su jefe? ¿Se le nota tanto?

–Lo lleva pintado en el rostro, tiene cara de rico. Aunque se dejara barba tres días y se vistiera de pordiosero, se le vería que es rico en la cara. Ya la quisiera yo, esa cara. Cuando entramos en una tienda de lujo, yo voy por delante, como siempre. Y a pesar de que voy bien trajeado, en cuanto me ven los dependientes me ponen mala cara o no me hacen caso, hacen como que no me han visto, se ponen a atender a otros clientes a los que hasta ese momento tampoco hacían ni puto caso o a revolver en cajones, como si estuvieran haciendo inventario. Yo no les dirijo la palabra, controlo que todo está en orden y entonces vuelvo a la puerta para abrírsela al jefe y que pase. Y en cuanto le ven la cara, todos los dependientes abandonan a los clientes y los cajones para venir a servirle con sus sonrisas.

–¿Y no será que su jefe es famoso, si es tan rico, y lo reconocen?

–Sí, puede ser –dijo el guardaespaldas, como si no hubiera pensado en ello–. Se está haciendo famosillo. Es de la banca, ¿sabe? No le digo quién, pero es de la banca. Pero oiga, vamos un poco al paddock, que habrá que ir apostando para la tercera.

Fuimos hasta allí, y de camino rasgamos por fin nuestros boletos, ea, al suelo, tras ver que habíamos perdido. Me crucé con un filósofo que no falta un domingo, también con el almirante Almira (su predestinado e incompleto apellido) y con su guapa e inmerecida esposa, quienes me saludaron con la cabeza sin dirigirme palabra, quizá se avergonzaron al verme en compañía de aquel individuo un poco gigante, yo le llegaba sólo a los hombros. Yo llevaba ahora al cuello sus prismáticos y en la mano los míos rotos, los míos son pequeños y potentes, los suyos eran enormes y muy pesados, la correa me tiraba de la nuca, pero no podía correr el riesgo de que también se cayeran. Mientras mirábamos dar vueltas a los caballos, le vi al escolta intenciones de preguntarme a qué me dedicaba yo, y como no me apetecía hablar de mí mismo me adelanté y le dije:

–Qué, qué le parece el 14.

–Bonita estampa –dijo él, que es lo que dicen siempre de los caballos los que no entienden nada–. Yo creo que le voy a apostar.

–Pues yo no, lo veo un poco nervioso. Se puede

quedar en los cajones, incluso.

–¿Sí? ¿ Usted cree?

–Aquí no vale la cara de rico.

El hombre se echó a reír. Era una risa inmediata, sin el más mínimo pensamiento previo, la risa de un hombre sin pulir todavía, la risa de un hombre que no piensa en la conveniencia. No tenía mucha gracia lo que yo había dicho. A continuación me cogió sus prismáticos sin pedirme permiso y miró rápidamente con ellos en dirección a la tribuna de autoridades, que desde el paddock no podía verse. Se resintió mi nuca, el hombre tiró de más de la correa, un poco.

–Qué, no ha llegado –dije.

–No, por suerte –contestó él, por intuición, supongo.

–¿Le da mucho trabajo? Quiero decir si tiene que intervenir a menudo, intervenir en serio, con peligro.

–No tanto como yo quisiera, verá usted, este es un trabajo de mucha tensión y a la vez inactivo, hay que estar alerta permanentemente, todo consiste en anticiparse, en un par de ocasiones me he abalanzado sobre personas ilustres que solamente iban a saludar a mi jefe. Les he puesto las manos a la espalda y las he reducido, sin ningún motivo, se han llevado algún golpe ducho. Me he ganado broncas por ello. Así que hay que tener mucho cuidado, no anticiparse demasiado tampoco. Hay que adivinar intenciones, eso es. Luego, casi nunca pasa nada, y se hace difícil mantener la vigilancia si uno tiene la sensación de que en realidad no hace falta.

–Claro, bajará usted la guardia.

–No, no la bajo, pero me cuesta esfuerzo obligarme. Mi compañero, el que va con él cuando yo voy por delante, la baja mucho más, me doy cuenta. Yo a veces le echo regañinas. Se abstrae en videojuegos portátiles mientras espera, tiene ese vicio. Y eso no puede ser, ¿comprende?

–Comprendo. Y él, el jefe, ¿qué tal los trata?

–Bueno. Para él somos invisibles, no se priva de nada porque estemos delante. Yo le he visto hasta hacer guarradas.

–¿Guarradas? ¿De qué tipo?

El guardaespaldas me tomó del brazo para ir hacia las taquillas de apuestas. Ahora me dio a mí vergüenza ir así con un hombre tan alto. Su manera de cogerme era protectora, quizá no sabía establecer contacto con las personas más que de esa clase: él protegía. Pareció dudar un momento. Luego dijo:

–Bueno, con tías, en el coche, por ejemplo. La verdad es que es bastante sucio, la cabeza un poco sucia, ¿sabe? –se tocó la frente–. Oiga, no será usted periodista.

–No, se lo aseguro.

–Ah bueno.

Yo aposté al 8 y él al 14, era un hombre terco, o supersticioso, y volvimos a las gradas. Tomamos asiento, a la espera del inicio de la tercera carrera.

–¿Cómo hacemos con los prismáticos?

–Yo miro la salida y usted la llegada, si le parece –contestó él–. Estoy en deuda.

Volvió a cogerme los prismáticos sin sacármelos

antes por la cabeza, pero ahora estábamos muy cerca el uno del otro y no hubo de tirar de la correa. Miró hacia la tribuna un segundo y volvió a dejármelos sobre las rodillas. Miré sus botitas, eran incongruentes, daban a sus pies muy grandes un aspecto aniñado. Se excitó durante la carrera, gritándole '¡Vamos, *Narnia*, dales fuerte!' al número 14, que no se quedó en los cajones pero salió mal y llegó sólo cuarto. Mi 8 quedó segundo, por lo que rasgamos nuestros boletos con gesto agrio, como debe hacerse: a la mierda.

De pronto lo vi abatido, no podía ser por la apuesta.

–¿Le pasa algo? –le pregunté.

No contestó de inmediato. Miraba al suelo, hacia sus boletos rasgados, el tórax tan largo inclinado, la cabeza casi entre las piernas abiertas, como si se hubiera mareado y tomara precauciones por si vomitaba, no manchar los pantalones.

–No –dijo por fin–. Es sólo que esta era la tercera carrera, mi jefe estará a punto de llegar con mi compañero, si llegan. Y si llegan, me toca.

–Tiene que permanecer aquí para vigilar, ¿no?

–Sí, tengo que quedarme aquí. ¿No le importa hacerme compañía? Bueno, si quiere volver al paddock y a apostar, vaya usted y vuelva luego para la carrera. Me quedo con los prismáticos mientras tanto, por si acaso pasa algo.

–Iré a apostar un momento. No necesito ver los caballos.

Me dio diez mil pesetas para una gemela, otras cinco para ganador, bajé a hacer mis apuestas, no tardé nada, aún no había cola. Cuando regresé a las gradas el escolta seguía cabizbajo, no parecía alerta. Se acariciaba las patillas ensimismado.

–¿Ha llegado ya? –le pregunté, por decir algo.

–No, todavía no –respondió alzando la vista y a continuación los prismáticos hacia la tribuna. Se le había convertido en un gesto casi mecánico–. Todavía puede que no me toque.

El hombre seguía abatido, había perdido de golpe toda su bonhomía, como si se hubiera nublado. Ya no me daba charla ni me hacía caso. Estuve tentado de decirle que prefería ver esa carrera al pie de la pista, donde me arreglaría bien sin prismáticos, y abandonarlo. Pero temí por su trabajo. Estaba absorto, todo menos vigilante, justo cuando le tocaba.

–¿Seguro que no le ocurre nada? –dije, y luego, más que nada para recordarle la inminencia de su tarea–: ¿Quiere que vigile yo por usted si se encuentra mal? Si me indica quién es su jefe...

–No hay nada que vigilar –respondió–. Yo sé lo que va a pasar esta tarde. O quizá ya ha pasado.

–¿El qué?

–Mire, uno no le toma afecto a quien le paga para que lo proteja. Mi jefe, ya se lo he dicho, no sabe ni que existo, apenas mi nombre, para él he sido aire durante los dos últimos años, y de vez en cuando me ha metido alguna bronca por excederme en mi celo. Él da órdenes y yo las cumplo, me dice dónde y cuándo me quiere y allí voy yo, a la hora y el lugar indicados. Eso es todo. Cuido de que no le pase nada, pero no le tengo afecto.

En más de una ocasión he pensado en atentar yo contra él para aplacar la tensión y hacerme sentir necesario, crear yo mismo el peligro. Nada serio, una pequeña paliza en el garaje, echarle un poco de comedia, emboscarme y hacerme pasar por un asaltante en mis horas libres. Darle un susto. No podía imaginar que fuera a llegar un día en que tuviéramos que cargárnoslo en serio.

–¿Cargárnoslo? ¿Quiénes?

–Mi compañero y yo. Bueno, o él o yo. Puede que él haya podido hacerlo ya, ojalá. Si es así, el jefe no aparecerá tampoco para esta carrera, no habrá salido de casa y estará tirado en la alfombra, o metido en el maletero. Pero si viene, ve usted, será que él no ha podido, y entonces me tocará a mí, a la vuelta del hipódromo, en el mismo coche, mientras mi compañero conduce. Una cuerda, o un tiro fuera de la carretera. Ojalá no vengan, ya le digo, no le tengo afecto, pero la idea de encargarme yo. Eso me pone malo.

Pensé que estaba bromeando, pero hasta aquel momento no me había parecido un hombre dado a las bromas, más bien parecía incapaz de hacerlas, por eso –había pensado fugazmente– se había reído tanto cuando yo hice una sin mucha gracia. La gente que no sabe hacerlas se sorprende tanto de que otros las hagan, y lo agradecen.

–No sé si le entiendo –dije.

El escolta seguía mesándose las patillas sin pudor. Me miró de reojo y dejó así la vista: fija en mí, pero de reojo.

–Claro que me entiende, está bien claro lo que le he

dicho. Le repito que no le tengo afecto, pero me sentiría aliviado si no vinieran, si ya lo hubiera hecho mi colega.

–¿Por qué lo hacen?

–Eso es largo de contar. Por pasta, bueno, no sólo, a veces no hay más remedio, a veces hay que hacer cosas que a uno le asquean, pero hay que hacerlas, porque peor es no hacerlas, ¿no le ha ocurrido nunca?

–Sí, me ha ocurrido –dije–, pero no tan graves, supongo. –Miré de reojo hacia la tribuna de autoridades, un gesto inútil por mi parte–. Si todo esto es verdad, ¿por qué me lo cuenta?

–Bah, eso da lo mismo. Usted no va a ir a contárselo a nadie, aunque mañana lo lea en el periódico. A nadie le gusta meterse en berenjenales; si va usted con el cuento, para usted los líos y las molestias. Y a lo mejor las amenazas. Nadie cuenta nada si no le trae algún provecho. Por eso a la policía no la ayuda ni Dios, allá se las compongan ellos, piensa todo el mundo. Y nadie dice nada. Usted hará lo mismo, hoy no me da la gana de tener secretos.

Le cogí los prismáticos y volví a mirar hacia la tribuna, ahora con las lentes de aumento. Estaba casi vacía, andarían todos en el bar o en el paddock, aún faltaban unos minutos para la salida. El gesto fue aún más inútil, porque yo no conocía a su jefe, aunque quizá podría adivinar quién era por la cara de rico, si se la veía.

–¿Está? –me preguntó temeroso y mirando hacia la pista.

–No lo creo, no hay casi nadie. Mire usted.

–No, prefiero esperar. Cuando vaya a empezar la carrera, cuando entren todos. ¿Me avisa usted?

–Sí, yo le aviso.

Guardamos silencio. Yo volví a mirarle las botas (ahora los pies muy juntos) y él se miraba los gemelos de los puños de la camisa, rosa palo la camisa, los gemelos sendas hojas de tabaco. De pronto me vi deseando que un hombre hubiera muerto, que su jefe ya hubiera muerto. Me vi prefiriendo eso, para que no tuviera él que matarlo. Empezamos a notar que se llenaban las gradas, nos iba estrechando la gente, nos tuvimos que poner de pie para hacer sitio.

–Tenga los prismáticos –le dije–, quedamos en que usted miraba las salidas. –Y se los alcancé.

El guardaespaldas los cogió y se los llevó a los ojos con brusquedad, con el mismo gesto que había dejado inservibles los míos. Vi cómo los enfocaba hacia los cajones, y cuando los caballos estaban a punto de salir disparados, volvió esos prismáticos hacia la tribuna unos segundos. Le oí contar:

–Uno, dos, tres, cuatro, cinco, seis, siete, ocho, nueve, diez. No ha venido –dijo.

–Ya salen –dije yo.

Volvió a mirar hacia la pista, y cuando los caballos tomaban la primera curva le oí gritar:

–¡Vamos, *Caronte*, vamos! ¡Venga, *Caronte*, dale!

A pesar de su excitación y de su alegría tuvo la suficiente conciencia para pasarme los prismáticos cuando los caballos alcanzaban la última curva. Era un hombre considerado, cumplía su promesa de dejarme contemplar la llegada. Me los puse ante los ojos y vi cómo *Caronte* ganaba por medio cuerpo a *Heart So White*, segundo: ganador y gemela de mi acompañante de aquella tarde. Yo, en cambio, habría de rasgar una vez más mis boletos, al suelo.

Bajé los prismáticos y me sorprendió no oírle gritar de contento.

–Ha ganado usted –le dije.

Pero él no debía de haber seguido la última parte de la carrera, no debía de haberse enterado. Miraba con sus propios ojos, sin ayudarse de nada, hacia la tribuna. Estaba quieto. Se volvió hacia mí sin mirarme, como si fuera un desconocido. Yo era un desconocido. Se abotonó la chaqueta. Su rostro había vuelto a ensombrecerse, estaba casi descompuesto.

–Ahí están, ya han llegado. Han llegado para la quinta –dijo–. Lo siento, debo ir a reunirme con ellos, me querrá dar instrucciones.

No dijo nada más, no se despidió. En pocos segundos se abrió paso entre la gente y lo vi de espaldas, alejándose hacia la tribuna con su estatura gigante. Al caminar se palpaba la chaqueta a la altura del costado, llevaba la pistola en su funda. Me había dejado sus prismáticos. Rasgué mis boletos pero no los suyos, que estaban premiados. Me los guardé en el bolsillo, pensé que él no iba a querer cobrarlos.

LA VIDA Y MUERTE DE
MARCELINO ITURRIAGA

I

El 22 de noviembre de 1957 fue un día muy nublado. Las nubes, formando una masa inerte, compacta e inexpugnable, cubrían el horizonte, y la tormenta amenazaba constantemente con desencadenarse.

Aquel día tenía un especial significado para mí. Hacía un año exactamente que había abandonado a los míos para no volver jamás. Era el primer aniversario de mi muerte. Por la mañana había venido Esperancita, mi mujer, y me había traído un ramo de flores, que me había colocado con mucho cuidado encima. No me gustaba que hiciera esto, ya que las flores me estorbaban y no podía ver bien, pero el día 22 de cada mes venía a renovármelas, trayendo consigo, una vez sí y otra no, a los chicos. Aquel mes les tocaba haber venido, pero supongo que Esperancita, por ser el primer aniversario, habría preferido venir sola. Por esta misma razón el ramo de claveles era más abundante que de costumbre, y me dificultaba la visión más que nunca. Aun así, pude observar bien a Esperancita. Estaba un poco más gorda que el mes pasado e indudablemente ya no era aquella chica ágil, esbelta y graciosa que tanto me había gustado antaño. Se movía con cierta pesadez y dificultad, y el luto, que todavía guardaba, le sentaba muy mal. Así vestida me recordaba a mi suegra enormemente, porque además el pelo de Esperancita ya no tenía aquel color negro puro, sino que empezaba a blanquearle sobre la frente y en las sienes. En aquel momento recordé cómo era la última vez que la vi con los ojos abiertos, y al hacerlo se me presentó claramente la escena que había ocurrido hacía un año en mi piso de Barquillo y, al mismo tiempo, toda mi vida.

II

Yo nací en Madrid en 1921, en un pequeño piso de la calle de Narváez. Mi padre era dueño de una farmacia que estaba bajo nuestro piso, y en cuya parte superior había un letrero que decía: «ITURRIAGA. FARMACIA», y un poco más abajo, y en letras más pequeñas se leía: «También se venden caramelos», y era por esta razón por la que mi hermano y yo pasábamos la mayor parte del día en el establecimiento. La otra parte del día la invertíamos en estar encerrados en una vieja y sucia clase del colegio cercano, donde un solo profesor nos daba clase, a catorce chicos, de todas las asignaturas existentes entonces. Eran unas clases aburridas, en las que nos dedicábamos a dormitar o a tiramos bolitas de papel.

Mi madre era una mujer regordeta y apacible, que siempre nos ayudó a mi hermano y a mí cuando teníamos algún problema o cuando mi padre, tras un mal día de venta, descargaba su furia sobre nosotros.

Mi padre era, por el contrario, muy irascible, sobre todo cuando estaba de mal humor, y siempre creí que hubiese sido mucho más propio de él el ser carnicero o algo parecido en vez de farmacéutico.

Estuve en aquella escuela de Narváez hasta los quince años, y entonces empezó la guerra, que pasó por mí como una cosa más en la vida. No me trajo grandes pérdidas ni a mí ni a mi familia. Mi hermano estuvo en el frente, pero salió indemne, y vino cargado de un patriotismo y un orgullo por la victoria de las derechas que yo nunca compartí. Entonces empecé la carrera de Económicas, que tardé en acabar ocho años, ante el disgusto de mi padre, al que no le hubiese gustado verme repetir cursos. Sin embargo creo que a pesar de todo aquellos ocho años de carrera fueron los más felices y alegres de mi corta vida. En ellos me divertí, estudié poco y conocí a Esperancita. Era una chica bastante tímida con los chicos, pero no por eso dejaba de mostrarse afectuosa y servicial. Íbamos juntos al cine, al circo o a pasear, para acabar haciéndolo casi todas las tardes. Dos años después de finalizada la carrera le pregunté a Esperancita si quería casarse conmigo. Accedió; y a los dos años vino mi primer hijo, Miguel, y dos años más tarde Gregorito, nombre que a mí no me gustaba, pero al que hube de acceder, por empeñarse en ello mi suegra, que se llamaba Gregoria. Además, siempre creí que Gregorito Iturriaga Aguirre era un nombre demasiado largo y con demasiadas erres.

Ahora que lo pienso, creo que no me casé con Esperancita por amor o cosa equivalente, sino porque creí que me sería muy útil para ayudarme en mi trabajo del Banco. Luego no me fue de gran ayuda, ya que se tomaba demasiado en serio las cosas de los niños y estaba todo el día con ellos. Aunque no fui muy feliz con ella, tampoco puedo decir que fuese muy desdichado.

Vivían con nosotros mi suegra y mi padre, que no se podían ver, y como tenían que hacerlo, dado que la casa era bastante pequeña, todo el día estaban peleando y discutiendo sobre cosas estúpidas y de las cuales no podían –mejor dicho, no debían– discutir, ya que sabían muy poco de ellas. Esto, añadido a los gritos de Esperancita a Manuela, la criada, y a los llantos de los niños, hacía de mi casa un lugar insoportable, así que a mí el Banco me parecía el paraíso. Hacía horas extra con gusto, ya que, además de tener que alimentar a siete personas, gozaba de más ratos de tranquilidad.

Mi madre murió cuatro años después de finalizada la guerra, y creo que fue la única persona por la que tuve un gran cariño. Sentí mucho más su muerte que la de mi padre, al cual nunca profesé un verdadero amor filial.

III

Mi muerte fue algo bastante inesperado para todos. En agosto de 1956 empecé a experimentar unos fuertes y agudos dolores en el pecho. Alarmado, consulté a mi hermano, que era médico. Me tranquilizó diciéndome que sería algún pequeño constipado o anginas que habría cogido.

Me dio una receta para tomar unas píldoras, y el

dolor dejó de molestarme hasta el 16 de noviembre, en que me atacó con más furia que en agosto. Volví a tomar las píldoras, pero esta vez no me aliviaron en nada, y el día 21 estaba en la cama, con mucha fiebre, un cáncer de pulmón y ninguna esperanza de vivir.

Aquel día fue algo angustioso. Los dolores eran horribles y nadie podía hacer nada para remediarlos.

Veía nubladamente a Esperancita, que lloraba arrodillada junto a mi cama, mientras mi suegra, doña Gregoria, le daba golpecitos afectuosos y consoladores en la espalda. Los niños estaban quietos sin acabar de comprender lo que ocurría. Mi hermano y su esposa, sentados, parecían esperar el momento de mi muerte para poderse marchar de aquel lugar tan aburrido y melodramático. Mi jefe y algunos de mis compañeros, en la puerta, me miraban compasivamente, y cuando veían que los observaba me dirigían una amistosa sonrisa muy forzada. A las seis de la tarde del día 22, cuando empezaba a subirme la fiebre de nuevo, intenté levantarme y después caí sobre la almohada, muerto. Sentí que todos mis dolores y angustias se desvanecían al momento de expirar, y quise decirles a mi familia y amigos que ya no sentía dolor, que estaba vivo y bien, pero no pude. No podía hablar, ni moverme, ni abrir los ojos, a pesar de que veía y oía perfectamente lo que ocurría a mi alrededor. Mi suegra dijo:

–Ha muerto.

–Que Dios lo tenga en su gloria –contestaron los demás.

Vi cómo mi hermano y su esposa, tras decirle a Esperancita que ellos se encargarían del entierro, que sería mañana, se retiraban. Poco a poco toda la gente se fue y me quedé solo. No sabía qué hacer. Pensaba, veía y oía, luego existía, luego vivía, y mañana me iban a enterrar. Luché para moverme, pero no pude. Entonces me di cuenta de que estaba muerto, de que detrás de la muerte no había nada, y que lo único que me quedaba era quedarme en mi tumba para siempre, sin respirar, pero viviendo; sin ojos, pero viendo; sin oídos, pero oyendo.

Al día siguiente me metieron en un ataúd negro, y después en un coche, que me llevó hasta el cementerio. No fue mucha gente al entierro. No duró mucho y después todos se fueron. Me quedé solo. Al principio no me gustó el lugar, pero ahora que me he acostumbrado, me gusta porque es un sitio donde hay silencio. Veo a Esperancita cada mes y a los chicos cada dos, y esto es todo: esta es mi vida y mi muerte, donde no hay nada.

GUALTA

Hasta los treinta años yo viví tranquila y virtuosamente y conforme a mi propia biografía, y nunca había imaginado que olvidados personajes de mis lecturas de adolescencia pudieran atravesarse en mi vida, ni siquiera en la de los demás. Cierto que había oído hablar de momentáneas crisis de identidad provocadas por una coincidencia de nombres descubierta en la juventud (así, mi amigo Rafa Zarza dudó de sí mismo cuando le fue presentado *otro* Rafa Zarza). Pero no esperaba convertirme en un William Wilson sin sangre, ni en un retrato desdramatizado de Dorian Gray, ni en un Jekyll cuyo Hyde no fuera sino otro Jekyll.

Se llamaba Xavier de Gualta, era catalán como su nombre indica, y trabajaba en la sede barcelonesa de la empresa en que trabajaba yo. La responsabilidad de su cargo (alta) era semejante a la del mío en la capital, y nos conocimos en Madrid con ocasión de una cena que iba ser de negocios y también de fraternización, motivo por el cual acudimos acompañados de nuestras respectivas esposas. Nuestro nombre coincidía sólo en la primera parte (yo me llamo Javier Santín), pero en cambio la coincidencia era absoluta en todo lo demás. Aún recuerdo la cara de estupefacción de Gualta (que sin duda fue la mía) cuando el maître que los guiaba les señaló nuestra mesa y se hizo a un lado, dejando que su vista se posara en mi rostro por primera vez. Gualta y yo éramos físicamente idénticos, como los gemelos del cine, pero no era sólo eso: además, hacíamos los mismos gestos al mismo tiempo, y utilizábamos las mismas palabras (nos quitábamos la palabra de la boca, según la expresión coloquial), y nuestras manos iban a la botella de vino (del Rhin) o a la de agua mineral (sin gas), o a la frente, o a la cucharilla del azucarero, o al pan, o con el tenedor al fondo de la fondue, siempre al unísono, simultáneamente. Era difícil no chocar. Era como si nuestras cabezas exteriormente idénticas también pensaran lo mismo y al mismo tiempo. Era como estar cenando delante de un espejo con corporeidad. No hace falta decir que estábamos de acuerdo en todo y que –pese a que intenté no saber mucho de él, tales eran mi asco y mi vértigo– nuestras trayectorias, tanto profesionales como vitales, habían sido paralelas. Este extraordinario parecido fue, por supuesto, observado y comentado por nuestras esposas y por nosotros («Es extraordinario», dijeron ellas. «Sí, es extraordinario», dijimos nosotros), pero los cuatro, algo envarados por la situación tan anómala pero sabedores de que el provecho de la empresa que nos había reunido estaba por medio en aquella cena, hicimos caso omiso del hecho notable tras el asombro inicial y fingimos naturalidad. Tendimos a negociar más que a fraternizar. Lo único nuestro que no coincidía eran nuestras mujeres (pero en realidad ellas no son parte de nosotros, como tampoco nosotros de ellas). La mía es un monumento, si se me permite la vulgaridad, mientras que la de Gualta, chica fina, no pasaba, sin embargo, de ser una mosquita muerta pasajeramente embellecida y envalentonada por el éxito de su cónyuge arrasador.

Pero lo grave no fue el parecido en sí (hay otros que lo han superado). Yo nunca, hasta entonces, me había visto a mí mismo. Quiero decir que una foto nos inmoviliza, y que en el espejo nos vemos siempre invertidos (yo, por ejemplo, llevo la raya a la derecha, como Cary Grant, pero en el espejo soy un individuo de raya a la izquierda, como Clark Gable); y tampoco me había visto nunca en televisión ni en vídeo, al no ser famoso ni haber tenido jamás afición por los tomavistas. En Gualta, por tanto, me vi por primera vez hablando, y en movimiento, y gesticulando, y haciendo pausas, y riendo, y de perfil, y secándome la boca con la servilleta, y frotándome la nariz. Fue mi primera y cabal objetivación, algo que sólo les es dado disfrutar a los que son famosos o a los que tienen vídeo para jugar con él.

Y me detesté. Es decir, detesté a Gualta, idéntico a mí. Aquel acicalado sujeto catalán me pareció no sólo poco agraciado (aunque mi mujer –que es de bandera– me dijo luego en casa que lo había encontrado atractivo, supongo que para adularme a mí), sino redicho, en exceso pulcro, avasallador en sus juicios, amanerado en sus ademanes, engreído de su carisma (carisma mercantil, se entiende), descaradamente derechista en sus opiniones (los dos, claro, votábamos al mismo partido), engominado en su vocabulario y sin escrúpulos en los negocios. Hasta éramos socios de los equipos de fútbol más conservadores de nuestras respectivas ciudades: él del Español, yo del Atleti. En Gualta me vi, y en Gualta vi a un sujeto estomagante, capaz de cualquier cosa, carne de paredón. Como he dicho, me odié sin vacilación.

Y fue a partir de aquella noche cuando –sin ni siquiera hacer partícipe de mis propósitos a mi mujer– empecé a cambiar. No sólo había descubierto que en la ciudad de Barcelona existía un ser igual a mí mismo que me era aborrecible, sino que además temía que aquel ser, en todas y cada una de las esferas de la vida y en todos y cada uno de los momentos del día, pensara, hiciera y dijera exactamente lo mismo que yo. Sabía que teníamos el mismo horario de oficina, que vivía –sin hijos– sólo con su mujer, todo igual que yo. Nada le impedía llevar mi misma vida. Y pensaba: «Cada cosa que hago, cada paso que doy, cada mano que estrecho, cada frase que digo, cada carta que dicto, cada pensamiento que tengo, cada beso que estampo sobre mi mujer, los estará haciendo, dando, estrechando, diciendo, dictando, teniendo, estampando Gualta sobre su mujer. Esto no puede ser».

Después de aquel adverso encuentro sabía que volveríamos a vernos cuatro meses más tarde, en la gran fiesta del quinto aniversario de la instalación de la empresa, americana de origen, en nuestro país. Y durante ese tiempo me apliqué a la tarea de modificar mi aspecto: me dejé crecer el bigote, que tardó en salir; empecé a no llevar siempre corbata, sustituyéndola –eso sí– por elegantes foulards; empecé a fumar (tabaco inglés); e incluso me atreví a cubrir mis entradas con un discreto injerto capilar japonés (coquetería y afeminamiento que ni Gualta ni mi yo anterior se habrían permitido jamás). En cuanto a mis maneras, hablaba más recio, evitaba expresiones como «constelación de interés-factores» o «dinámica del negocio-incógnita», que tan caras nos eran a Gualta y a mí; dejé de servir vino a las damas durante las cenas; dejé de ayudarlas a ponerse el abrigo; soltaba tacos de vez en cuando.

Cuatro meses después, en aquella celebración barcelonesa, encontré a un Gualta que lucía un bigote raquítico y parecía tener más pelo del que le recordaba; fumaba un JPS detrás de otro y no llevaba corbata, sino papillon; se palmoteaba los muslos al reír, hostigaba con los codos y decía frecuentemente «hostia, tú». Pero seguía siéndome tan odioso como antes. Aquella noche yo también llevaba papillon.

Fue a partir de entonces cuando el proceso de modificación de mi abominable persona se desencadenó. Buscaba a conciencia aquellas cosas que un tipo tan relamido, suavón, formal y sentencioso como Gualta (también piadoso) no podría haber hecho jamás, y a las horas y en los lugares en que más improbable resultaba que Gualta, en Barcelona, estuviera dedicando su tiempo y su espacio a los mismos desmanes que yo. Empecé a llegar tarde y a irme demasiado pronto de la oficina, a decir groserías a mis secretarias, a montar en cólera por cualquier nimiedad y a insultar a menudo al personal a mis órdenes, e incluso a cometer algunos errores de poca consecuencia que un hombre como Gualta, sin embargo, nunca habría cometido, tan avizor y perfeccionista era. Esto en cuanto a mi trabajo. En cuanto a mi mujer, a la que siempre respeté y veneré en extremo (hasta los treinta), poco a poco, con sutilezas, logré convencerla no sólo de que copuláramos a deshoras y en sitios impropios («Seguro que Gualta no es tan osado», pensé una noche mientras yacíamos –apresuradamente– sobre el techo de un quiosco de Príncipe de Vergara), sino de que incurriéramos en desviaciones sexuales que sólo unos meses antes habríamos calificado de vejaciones sexuales y sevicias sexuales en el supuesto improbable de que (a través de terceros) hubiéramos sabido de ellas. Llegamos a cometer actos contra natura, esa beldad y yo.

Al cabo de tres meses más aguardaba con impaciencia un nuevo encuentro con Gualta, confiado como estaba en que ahora sería muy distinto de mí. Pero la ocasión tardaba en surgir, y por fin decidí viajar a Barcelona un fin de semana por mi cuenta y riesgo con el propósito de acechar el portal de su casa y comprobar –aunque fuera de lejos– los posibles cambios habidos en su persona y en su personalidad. O, mejor dicho, comprobar la eficacia de los operados en mí.

Durante dieciocho horas (repartidas entre sábado y domingo) estuve refugiado en una cafetería desde la que se divisaba la casa de Gualta, a la espera de que saliera. Pero no apareció, y sólo cuando ya estaba dudando si regresar derrotado a Madrid o subir al piso aunque ello me descubriera, vi salir del portal a la mosquita muerta. Iba vestida con cierto descuido, como si el éxito de su cónyuge ya no bastara para embellecerla artificialmente o su efecto no alcanzara a los días festivos. Pero en cambio se me antojó, a su paso ante la luna oscura que me ocultaba, una mujer mucho más inquietante que la que había visto en la cena madrileña y en la fiesta barcelonesa. La razón era muy simple, y me fue suficiente para comprender que mi originalidad no había sido tanta ni mis medidas tan atinadas: en su expresión reconocí a una mujer salaz y sexualmente viciosa. Siendo tan diferentes, tenía la misma mirada levemente estrábica (tan atrayente), turbadora y nublada de mi monumento.

Regresé a Madrid, convencido de que si Gualta no había salido de su casa en todo el fin de semana era debido a que aquel fin de semana él había viajado a Madrid y había estado durante horas apostado en La Orotava, la cafetería de enfrente de mi propia casa, vigilando mi posible salida que no se había producido al estar yo en Barcelona vigilando la suya que no se había producido por estar él en Madrid vigilando la mía. No había escapatoria.

Todavía hice algunas tentativas, ya sin fe. Pequeños detalles para completar el cambio, como hacerme socio del Real Madrid, pensando que uno del Español no sería admitido en el Barça; o bien tomaba anís y cazalla –bebidas que me repugnan– en los baruchos del extrarradio, seguro de que un délicat como Gualta no estaría dispuesto a semejantes sacrificios; también me dio por insultar en público al Papa, seguro de que a tanto no se atrevería mi fervoroso rival católico. Pero en realidad no estaba seguro de nada, y creo que ya nunca lo podré estar. Al cabo de un año y medio desde que conocí a Gualta, mi carrera de ascensos en la empresa para la que aún trabajo está totalmente frenada, y aguardo el despido (con indemnización, eso sí) cualquier semana. Mi mujer –no sé si harta de corrupciones o, antes al contrario, porque mi fantasía ya no le bastaba y necesitaba buscar desenfrenos nuevos– me abandonó hace poco sin explicaciones. ¿Habrá hecho la mosquita muerta lo propio con Gualta? ¿Será su posición en la empresa tan frágil como la mía? No lo sabré, como he dicho, porque prefiero ignorarlo ahora. Pues ha llegado un momento en el que, si me cito con Gualta, pueden suceder dos cosas, ambas aterradoras, o más que la incertidumbre: puede ocurrir que me encuentre a un hombre opuesto al que conocí e idéntico a mi yo de ahora (desastrado, desmoralizado, negligente, mal educado, blasfemo y pervertido) que quizá, sin embargo, me seguirá pareciendo tan execrable como el Xavier de Gualta de la vez primera. Respecto a la otra posibilidad, es aún peor: puede que me encuentre, intacto, al mismo Gualta que conocí: inmutable, cortés, jactancioso, atildado, devoto y triunfal. Y si así fuera, habría de preguntarme, con una amargura que no podré soportar, por qué fui yo, de los dos, quien tuvo que claudicar y renunciar a su biografía.

UNA NOCHE DE AMOR

Mi vida sexual con mi mujer, Marta, es muy insatisfactoria. Mi mujer es poco lasciva y poco imaginativa, no me dice cosas bonitas y bosteza en cuanto me ve galante. Por eso a veces voy de putas. Pero cada vez son más aprensivas y están más caras, y además son rutinarias. Poco entusiastas. Preferiría que mi mujer, Marta, fuera más lasciva e imaginativa y que me bastara con ella. Fui feliz una noche en que me bastó con ella.

Entre las cosas que me legó mi padre al morir, hay un paquete de cartas que todavía despiden un poco de olor a colonia. No creo que el remitente las perfumara, sino más bien que en algún momento de su vida mi padre las guardó cerca de un frasco y éste se derramó sobre ellas. Aún se ve la mancha, y por tanto el olor es sin duda el de la colonia que usaba y no usó mi padre (puesto que se derramó), y no el de la mujer que se las fue mandando. Este olor, además, es el característico de él, que yo conocí muy bien y era invariable y no he olvidado, siempre el mismo durante mi infancia y durante mi adolescencia y durante buena parte de mi juventud, en la que estoy aún instalado o que aún no he abandonado. Por eso, antes de que la edad pudiera inhibir mi interés por estas cosas –lo galante o lo pasional–, decidí mirar el paquete de cartas que me legó y que hasta entonces no había tenido curiosidad por mirar.

Esas cartas las escribió una mujer que se llamaba o aún se llama Mercedes. Utilizaba un papel azulado y tinta negra. Su letra era grande y maternal, de trazo rápido, como si con ella no aspirara ya a causar impresión, sin duda porque sabía que ya la había causado hasta la eternidad. Pues las cartas están escritas como por alguien que hubiera muerto ya cuando las escribía, se pretenden mensajes de la ultratumba. No puedo por menos de pensar que se trataba de un juego, uno de esos juegos a los que son tan aficionados los niños y los amantes, y que consisten esencialmente en hacerse pasar por quien no se es, o, dicho de otro modo, en darse apelativos ficticios y crearse existencias ficticias, seguramente por el temor, (no los niños, pero sí los amantes) de que sus sentimientos demasiado fuertes acaben con ellos si admiten que son ellos, con sus verdaderas existencias y nombres, quienes sufren las experiencias. Es una manera de amortiguar lo más pasional y lo más intenso, hacer como que le pasa a otro, y es también la mejor manera de observarlo, de ser también espectador y darse cuenta de ello. Además de vivirlo, darse cuenta de ello.

Esa mujer que firmaba Mercedes había optado por la ficción de enviarle su amor a mi padre desde después de la muerte, y tan convencida parecía del lugar o momento eterno que ocupaba mientras escribía (o tan segura de la aceptación de aquella convención por parte del destinatario) que poco o nada parecía importarle el hecho de confiar sus sobres al correo ni de que éstos llevaran sellos normales y matasellos de la ciudad de Gijón. Iban fechadas, y lo único que no llevaban era remite, pero esto, en una relación semiclandestina (las cartas pertenecen todas al periodo de viudez de mi padre, pero él jamás me habló de esta pasión tardía), es poco menos que obligado. Tampoco tendría nada de particular la existencia de esta correspondencia a la que ignoro si mi padre contestaría o no por la vía ordinaria, pues nada más frecuente que el sometimiento sexual de los viudos a mujeres intrépidas y fogosas (o desengañadas). Por otra parte, las declaraciones, promesas, exigencias, rememoraciones, vehemencias, protestas, encendimientos y obscenidades de que se nutren estas cartas (sobre todo de obscenidades) son convencionales y destacan menos por su estilo que por su atrevimiento. Nada de esto tendría nada de particular, digo, si no fuera porque a los pocos días de decidirme a abrir el paquete y pasar mi vista por las hojas azuladas con más ecuanimidad que escándalo, yo mismo recibí una carta de la mujer llamada Mercedes, de la que no puedo añadir que aún vive, puesto que más bien parecía estar muerta desde el principio.

La carta de Mercedes dirigida a mi nombre era muy correcta, no se tomaba confianzas por el hecho de haber tenido intimidad con mi progenitor ni tampoco incurría en la vulgaridad de trasladar su amor por el padre, ahora que éste había muerto, a un enfermizo amor por el hijo, que seguía y sigue vivo y era y soy yo. Con escasa vergüenza por saberme enterado de su relación, se limitaba a exponerme una preocupación y una queja y a reclamar la presencia del amante, quien, en contra de lo prometido tantas y tantas veces, aún no había llegado a su lado seis meses después de su muerte: no se había reunido con ella allí donde habían acordado, o quizá sería mejor decir *cuando*. A su modo de ver, aquello sólo podía deberse a dos posibles causas: a un repentino y postrer desamor en el momento de la expiración que habría hecho incumplir su palabra al difunto, o a que, en contra de lo dispuesto por él, su cuerpo hubiera sido enterrado y no incinerado, lo que –según Mercedes, que lo comentaba con naturalidad– podría, si no imposibilitar, sí dificultar el escatológico encuentro o reencuentro.

Era cierto que mi padre había solicitado su cremación, aunque sin demasiada insistencia (tal vez porque fue sólo al final, con la voluntad minada), y que sin embargo había sido enterrado junto a mi madre, ya que aún quedaba un sitio en el panteón familiar. Marta y yo lo juzgamos más propio y sensato y más cómodo. La broma me pareció de mal gusto. Arrojé la nueva misiva de Mercedes a la papelera y aún estuve tentado de hacer lo mismo con el paquete antiguo. El nuevo sobre llevaba sellos vigentes y matasellos también de Gijón. No olía a nada. No estaba dispuesto a exhumar los restos para luego prenderles fuego.

La siguiente carta no tardó en llegar, y en ella

Mercedes, como si estuviera al tanto de mi reflexión, me suplicaba que incinerara a mi padre, pues no podía seguir viviendo (así decía, seguir viviendo) en aquella incertidumbre. Prefería saber que mi padre había determinado no reunirse finalmente con ella antes que seguir esperándole por toda la eternidad, quizá en vano. Aún me hablaba de usted. No puedo negar que aquella carta me conmovió fugazmente (esto es, *mientras* la leía y no luego), pero el conspicuo matasellos de Asturias era algo demasiado prosaico para que pudiera ver todo aquello como otra cosa que una broma macabra. La segunda carta fue también a la papelera. Mi mujer, Marta, me vio romperla, y preguntó:

–¿Qué es eso que te ha irritado tanto? –Mi gesto debió ser violento.

–Nada, nada –dije yo, y cuidé de recoger los pedazos para que no pudiera recomponerla.

Esperaba una tercera carta, y justamente porque la esperaba tardó en llegar más de lo previsto o a mí la espera se me hizo más larga. Era muy distinta de las anteriores y se asemejaba a las que había recibido mi padre durante un tiempo: Mercedes me tuteaba y se me ofrecía en cuerpo, que no en alma. «Podrás hacer lo que quieras conmigo», me decía, «cuanto imaginas y cuanto no te atreves a imaginar que puede hacerse con un cuerpo ajeno, con el del otro. Si accedes a mi súplica de desenterrar e incinerar a tu padre, de permitir que se pueda reunir conmigo, no volverás a olvidarme en toda tu vida ni aun en tu muerte, porque te engulliré, y me engullirás.» Creo que al leer esto por vez primera me ruboricé, y durante una fracción de segundo cruzó por mi cabeza la idea de viajar a Gijón, para ponerme a tiro (me atrae lo insólito, soy sucio en el sexo). Pero en seguida pensé: «Qué absurdo. Ni siquiera sé su apellido». Sin embargo esta tercera carta no fue a la papelera. Aún la escondo.

Fue entonces cuando Marta empezó a cambiar de actitud. No es que de un día para otro se convirtiera en una mujer ardiente y dejara de bostezar, pero fui advirtiendo un mayor interés y curiosidad por mí o por mi cuerpo ya no muy joven, como si intuyera una infidelidad por mi parte y estuviera alerta, o bien la hubiera cometido ella y quisiera averiguar si también conmigo era posible lo recién descubierto.

–Ven aquí –me decía a veces, y ella nunca me había solicitado. O bien hablaba un poco, decía por ejemplo–: Sí, sí, ahora sí.

Aquella tercera carta que prometía tanto me había dejado a la espera de una cuarta aún más que la segunda irritante a la espera de la tercera. Pero esa cuarta no llegaba, y me daba cuenta de que aguardaba el correo diario con cada vez mayor impaciencia. Noté que sentía un vuelco cada vez que un sobre no llevaba remite, y entonces mis ojos iban rápidamente hasta el matasellos, por ver si era de Gijón. Pero nadie escribe nunca desde Gijón.

Pasaron los meses, y el día de Difuntos Marta y yo fuimos a llevar flores a la tumba de mis padres, que es también la de mis abuelos y la de mi hermana.

–No sé qué pasará con nosotros –le dije a Marta

mientras respirábamos el aire puro del cementerio sentados en un banco cercano a nuestro panteón. Yo fumaba un cigarrillo y ella se controlaba las uñas estirando los dedos a cierta distancia de sí, como quien impone calma a una multitud–. Quiero decir cuando nos muramos, aquí ya no queda sitio.

–En qué cosas piensas.

Miré a lo lejos para adoptar un aire ensoñado que justificara lo que iba a decir y dije:

–A mí me gustaría ser enterrado. Da una idea de reposo que no da la incineración. Mi padre quiso que lo incineráramos, ¿recuerdas?, y no cumplimos su voluntad. Debimos seguirla, creo yo. A mí me molestaría que no se cumpliera la mía, de ser enterrado. ¿Qué te parece? Deberíamos desenterrarlo. Así, además, habría sitio para mí cuando muera, en el panteón. Tú podrías ir al de tus padres.

–Vámonos de aquí, me estás poniendo enferma.

Echamos a caminar por entre las tumbas, en busca de la salida. Hacía sol. Pero a los diez o doce pasos yo me detuve, miré la brasa de mi cigarrillo y dije:

–¿No crees que deberíamos incinerarlo?

–Haz lo que quieras, pero vámonos ya de aquí.

Arrojé el cigarrillo al suelo y lo sepulté en la tierra, con el zapato.

Marta no estuvo interesada en asistir a la ceremonia, que careció de toda emoción y me tuvo a mí por solo testigo. Los restos de mi padre pasaron de ser vagamente reconocibles en un ataúd a ser irreconocibles en una urna. No pensé que hiciera falta esparcirlos, y además, hacer eso está prohibido.

Al regresar a casa, ya tarde, me sentí deprimido; me senté en el sillón sin quitarme el abrigo ni encender la luz y me quedé allí esperando, musitando, pensando, oyendo la ducha de Marta a lo lejos, quizá reponiéndome de la responsabilidad y el esfuerzo de haber hecho algo que estaba pendiente desde hacía tiempo, de haber cumplido un deseo (un deseo ajeno). Al cabo de un rato mi mujer, Marta, salió del cuarto de baño con el pelo aún mojado y envuelta en su albornoz, que es rosa pálido. La iluminaba la luz del baño, en el que había vaho. Se sentó en el suelo, a mis pies, y apoyó la cabeza húmeda en mis rodillas. Al cabo de unos segundos yo dije:

–¿No deberías secarte? Me estás mojando el abrigo y el pantalón.

–Te voy a mojar entero –dijo ella, y no llevaba nada debajo del albornoz. Nos iluminaba la luz del baño, a lo lejos.

Aquella noche fui feliz porque mi mujer, Marta, fue lasciva e imaginativa, me dijo cosas bonitas y no bostezó, y me bastó con ella. Eso nunca lo olvidaré. No se ha vuelto a repetir. Fue una noche de amor. No se ha vuelto a repetir.

Unos días después recibí la cuarta carta tanto tiempo esperada. Todavía no me he atrevido a abrirla, y a veces tengo la tentación de romperla sin más, de no leerla jamás. En parte es porque creo saber y temo lo que dirá esa carta, que, a diferencia de las tres que me dirigió Mercedes con anterioridad, tiene olor, huele un poco a colonia, a una colonia que no he olvidado o que conozco bien. No he vuelto a tener una noche de amor, y por eso, porque no se ha vuelto a repetir, tengo a veces la extraña sensación, cuando la rememoro con añoranza e intensidad, de que aquella noche traicioné a mi padre, o de que mi mujer, Marta, me traicionó a mí con él (quizá porque nos dimos apelativos ficticios o nos creamos existencias que no eran las nuestras), aunque no cabe duda de que aquella noche, en la casa, en la oscuridad, sobre el albornoz, sólo estábamos Marta y yo. Como siempre Marta y yo.

No he vuelto a tener una noche de amor ni me ha vuelto a bastar con ella, y por eso también sigo yendo de putas, cada vez más caras y más aprensivas, no sé si probar con los travestidos. Pero todo eso me interesa poco, no me preocupa y es pasajero, aunque haya de durar aún. A veces me sorprendo pensando que en su momento lo más fácil y deseable sería que Marta muriera antes, porque así podría enterrarla en el sitio del panteón que quedó vacante. De este modo no tendría que darle explicaciones sobre mi cambio de parecer, pues ahora deseo que se me incinere y no se me entierre, en modo alguno que se me entierre. Sin embargo no sé si ganaría algo con eso –me sorprendo pensando–, pues mi padre debe de estar ocupando su puesto junto a Mercedes, mi puesto, por toda la eternidad. Una vez incinerado, así pues –me sorprendo pensando–, tendría que acabar con mi padre, pero no sé cómo puede acabarse con alguien que ya está muerto. Pienso a veces si esa carta que aún no he abierto no dirá algo distinto de lo que imagino y temo, si no me daría ella la solución, si no me preferirá. Luego pienso: «Qué absurdo. Ni siquiera nos hemos visto». Luego miro la carta y la huelo y le doy vueltas entre mis manos, y al final acabo escondiéndola siempre, sin abrirla aún.

mini letras de H KLICZKOWSKI

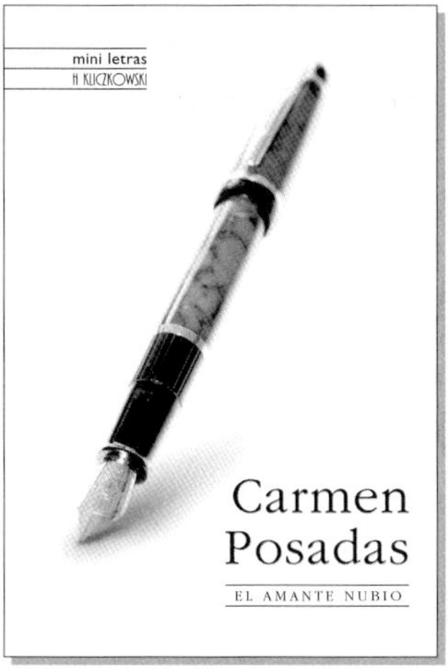

El amante nubio
Carmen Posadas

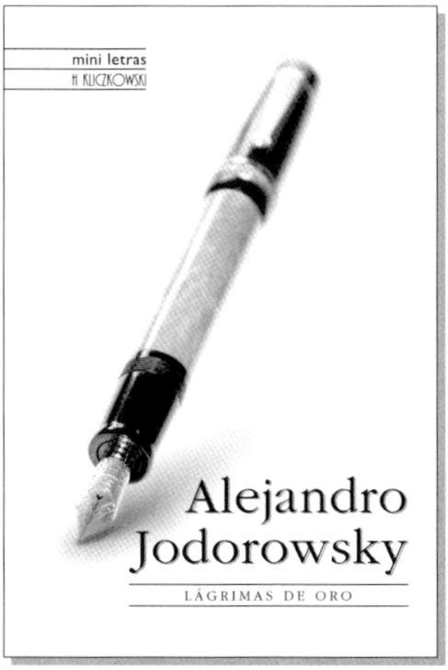

Lágrimas de oro
Alejandro Jodorowsky

mini letras de H KLICZKOWSKI

La viuda del Greco
Manuel Mujica Láinez

Variaciones sobre el olvido
Mario Benedetti

mini letras de H KLICZKOWSKI

Dones
Angeles Mastretta

La ciudad
Juan José Millás

mini letras de H KLICZKOWSKI

El planeta prohibido
Juan Villoro

Una noche de amor
Javier Marías